caillou ®

Como papá

Texto: Christine L'Heureux • Ilustraciones: Claude Lapierre

TWO CAN ™

CHANHASSEN, MINNESOTA • L

Caillou es muy curioso. Quiere saber
cómo vino al mundo.
—Cuéntame —le pide Caillou a su papá.
Y papá le dice: —Yo estaba
muy enamorado de tu mamá
y los dos deseábamos tener un bebé.
Y un día, ¡llegaste tú!

—¡Cuéntame más! —le pide Caillou.
Y papá continúa: —Cuando naciste,
me sentí muy feliz. Nuestros ojos eran del
mismo color. Nos parecíamos como dos gotas
de agua. Caillou sonríe.

—¿Y qué más? —pregunta Caillou.
Su papá recuerda: —Olías muy bien.
Te gustaba que te alzara en mis brazos
y recostabas tu cabecita en mi hombro.
Caillou parece muy complacido.

Esa noche Caillou le pide a su papá que le muestre el álbum de fotos. Papá busca el álbum y le muestra una foto. —Mira, Caillou. ¡Ése eras tú cuando eras un bebé! —le dice su papá. Caillou se ríe. ¡Qué pequeñito!

Papá le muestra otra foto.

—Mira, yo también era pequeño antes
de ser papá. —¿Tú fuiste un bebé?
—le pregunta Caillou sorprendido.
Su papá le dice orgulloso: —Cuando seas
grande, tú también podrás ser un papá.

A la mañana siguiente, mamá le pide
a Caillou que se ponga el overol.
Caillou se niega. Quiere usar un par
de pantalones y su cinturón nuevo.
Mamá no entiende. —Quiero vestirme
como papá —le explica Caillou.

Caillou está muy orgulloso de parecerse
a su papá. Va por toda la casa llevando
una pequeña maleta llena de juguetes.
Caillou está muy ocupado, como su papá.

Caillou está contento hoy. Su papá le ha dado un rastrillo para que le ayude a recoger las hojas. Caillou se pone una gorra para protegerse del viento, como papá.

El abuelo viene a ayudar a rastrillar las hojas.
—¡Abuelo, tú también usas gorra!
—dice Caillou. El abuelo le da un beso.
—¡Eso me da cosquillas!
—dice Caillou riendo.

—¿Sabes, Caillou? —le explica su
papá —tu abuelo es mi papá. Caillou
se molesta: —¡No, él es mi abuelo, mío!
El abuelo sonríe y dice:
—Caillou, yo siempre seré tu abuelo.

—Mira, Caillou —agrega papá—,
yo soy tu papá, pero yo también tengo un
papá. Caillou lo mira y le dice: —Cuando
sea grande, ¡yo también voy a ser un papá!

Texto: Christine L'Heureux
Ilustraciones: Claude Lapierre
Diseño gráfico: Monique Dupras
Traducción: Osvaldo Blanco

chouette

Versión en español:
© 2004 Two-Can Publishing
11571 K-Tel Drive
Minnetonka,MN 55343
www.two-canpublishing.com

Impreso en China
10 9 8 7 6 5 4 3 2